温妮大闹赛马场

Winnie AND Wilbur
温妮女巫驾到

[英]劳拉·欧文 著
[英]科奇·保罗 绘
刘勇军 译

中信出版集团 | 北京

图书在版编目（CIP）数据

温妮大闹赛马场 /（英）劳拉·欧文著；（英）科奇·保罗绘；刘勇军译 . -- 北京：中信出版社，2023.5
ISBN 978-7-5217-5446-9

Ⅰ.①温… Ⅱ.①劳…②科…③刘… Ⅲ.①儿童故事—作品集—英国—现代 Ⅳ.①I561.85

中国国家版本馆 CIP 数据核字（2023）第 036391 号

Giddy-Up Winnie originally published by Oxford University Press, Great Clarendon Street, Oxford © Oxford University Press 2009
Winnie Takes the Plunge originally published by Oxford University Press, Great Clarendon Street, Oxford © Oxford University Press 2011
This adaptation edition is published by arrangement with CITIC Press Corporation for distribution in the mainland of China only and not for export therefrom
Copyright © Oxford University Press (China) Ltd
Simplified Chinese translation copyright © 2023 by CITIC Press Corporation
Oxford is a registered trademark of Oxford University Press
ALL RIGHTS RESERVED

本书仅限中国大陆地区发行销售

温妮大闹赛马场

著　　者：[英]劳拉·欧文
绘　　者：[英]科奇·保罗
译　　者：刘勇军
出版发行：中信出版集团股份有限公司
　　　　　（北京市朝阳区东三环北路 27 号嘉铭中心　邮编 100020）
承　印：北京盛通印刷股份有限公司

开　　本：880mm×1230mm　1/32　印　张：6　字　数：100 千字
版　　次：2023 年 5 月第 1 版　印　次：2023 年 5 月第 1 次印刷
京权图字：01-2022-4179
书　　号：ISBN 978-7-5217-5446-9
定　　价：28.00 元

出　品　中信儿童书店
图书策划　红披风

策划编辑　谢沐
责任编辑　谢沐
营销编辑　易晓倩　李鑫橦
装帧设计　李亚熙　颂煜文化

版权所有·侵权必究
如有印刷、装订问题，本公司负责调换。
服务热线：400-600-8099
投稿邮箱：author@citicpub.com

与温妮和威尔伯一起进入魔法世界吧!

威尔伯
温妮的宠物猫,也是温妮最好的朋友。他经常被温妮的奇思妙想吓到,不过,也乐于与温妮一起冒险。

温妮
热情、友善、机智,却总是一不小心惹出大麻烦。她喜欢吃各种奇怪的食物,比如蠕虫脆片。

爱丽丝姨妈
温妮的姨妈。

欧文舅舅
温妮的舅舅。

卡斯伯特表哥
温妮家族中魔法学位最高,也最富有的巫师。

帕尔玛太太
学校秘书，负责处理学校的一些事务。

男人鱼
生活在沼泽王国，是个蛮横的家伙。

孩子们
一群学生，在帕尔玛太太工作的学校里读书。

巨人杰瑞
温妮的邻居。

一塌糊涂雪人
身形巨大、长着毛的雪人。

目录

温妮办茶会 ... 1

温妮种魔杖 ... 23

温妮去度假 47

温妮大闹赛马场 69

超级惊喜

91

温妮的大雪怪

113

温妮的老鼠风琴

137

温妮去冒险

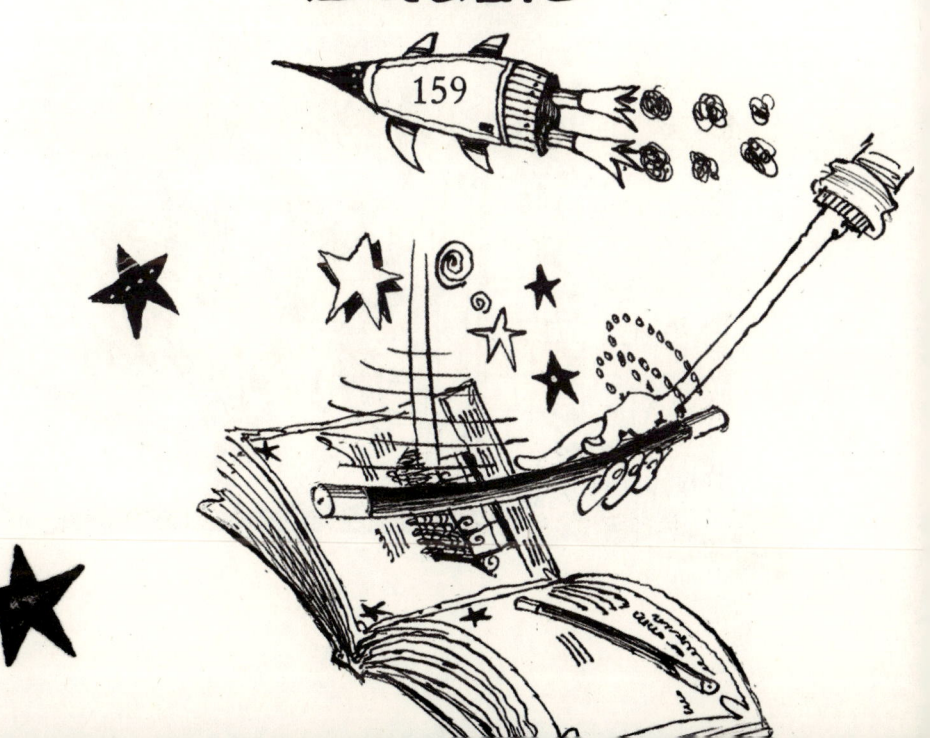

159

温妮办茶会

嘎吱——扑通——咔嚓——嘎啦!

"那个该死的信箱又在吃信了。快!"温妮喊道。

威尔伯纵身一跃,把信箱嘴里咬着的明信片抢了过来。

"让我看看!"温妮说,"呀,看哪!是卡斯伯特表哥寄来的,'日落时的金字塔'。我已经很久没见过卡斯伯特了……噢,威尔伯,我们邀请他来喝茶吧!也把欧文舅舅和爱丽丝姨妈请来吧!"

威尔伯做了个鬼脸。

"我们发鹦鹉信件吧,把请帖寄给他们。"温妮说,"阿布拉卡达布拉!"

立刻就有三只鹦鹉在房间里扑扇着翅膀飞来飞去,叫个不停,把所有东西都撞翻了。

"来吧,鹦鹉们,落在我的魔杖上。"温妮说,"闭上你们那爱叨叨的嘴,听我说。你们分别飞去卡斯伯特表哥、欧文舅舅和爱丽丝姨妈家里,邀请他们今天来我家喝茶。飞吧,把他们的答复带回来给我!"

绿色、黄色、橙色和红色的羽毛飘得到处都是，就这样，鸟儿们飞走了。温妮刚刚捡起羽毛，放在头发上比了比，门外就传来了啄门声，三只鹦鹉的声音响了起来："开门，开门，开门。"

"我想我最好把门打开。"温妮说着把鹦鹉放了进来。

"卡斯伯特可以来。"第一只鹦鹉说。

"欧文说没问题。"第二只说。

"爱丽丝姨妈接受了。"第三只说。

"太好啦!"温妮说,"他们都要来!我应该去做饭!"

温妮忙了起来。她捣呀，挤呀，拉呀，喷呀，还把许多罐头塞进了烤箱。

"好多好吃的东西。"温妮说着，舔了舔勺子，"呀，真香！"

烟从她身后的烤炉里冒了出来。

"喵！"威尔伯叫了一声。

"噢，袋熊的长筒靴，糟了！"温妮一边说，一边抓起雪人毛皮烤箱手套。鼠尾大黄面包烤焦了，不过不太严重，温妮却一下子慌了神儿，她戴着烤箱手套，转了个身，结果……砰！咚！咔嚓！

"啊,不!茶壶碎了!"温妮哀号道,"我该怎么办呢?喝不成茶,怎么开茶会呢!"

威尔伯瞥了一眼时钟。

"我知道!"温妮说,"现在没时间去买新的了。我只好用魔法变一个新茶壶出来。阿布拉卡达布拉!"

锵——桌上出现了一个大象茶壶,又大又漂亮,象鼻壶嘴是波浪状的。

"好极了!"温妮说。

但是当温妮试着从象鼻壶嘴倒茶时,它竟然哞哞叫了两声,茶水越过茶杯,全都倒在了桌子上。

"太糟了!"温妮说,"再试一次!阿布拉卡达布拉!"

下一个茶壶的壶嘴直接和茶水一起掉进了茶杯里。再下一个茶壶的壶嘴有点儿歪,水倒出来的时候没有流进杯子,全都倒在了桌子和地板上。温妮和威尔伯只能在大片大片的茶水中蹚着走。

"茶,到处都是茶,就是一滴也不能喝!"温妮说,"愚蠢的魔法,真糟糕!"

轰轰!汪汪!叮——咚!尖叫门铃不停地催促道,汪汪!叮!

"糟糕,他们来了,威尔伯!"

温妮轻轻地抚弄了一下头发,赶紧去开门。"啊,请进,欧文舅舅、爱丽丝姨妈、卡斯伯特表哥。"

温妮把他们都推到客厅里。"各位都坐下吧。我在厨房里还有一点儿小事要处理,事不大,就像蝌蚪那么小,就像脚指甲那么小,你们可以先聊一会儿。"

温妮猛冲回厨房,砰砰把盘子一个个摆上桌。威尔伯正忙着用拖把擦干茶水。他们偶尔能听到从隔壁房间传来的一两句谈话声。

欧文舅舅说:"温妮会让我坐桌首的,我是这里年龄最大的男性,绝对是一家之主。"

"呜哇。"温妮说,"我最好照办。"她决定把欧文舅舅的座位安排在桌首。

"可我比你大,欧文!"爱丽丝姨妈说,"我一直都比你大!温妮当然会让我坐桌首!"

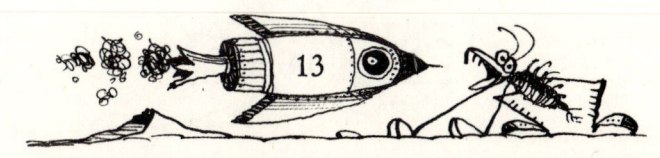

"哎呀!"温妮嘟囔着说,"现在我该怎么办才好呢?"

威尔伯指了指桌子的另一头。

"好主意,威尔伯!"温妮说,"桌子有两头,都算桌首!"

但现在卡斯伯特开始抱怨了。"在我们当中,我的魔法学位是最高的,这一点你们都清楚。而且我最富有。所以喽,我的地位要高一些。温妮一定会让我……"

"他们要是不乖,我就让他们坐在儿童餐椅上喝茶!"温妮说,"我该怎么办呢……噢,我有主意了,我真聪明!阿布拉卡达布拉!"

她立刻变出了一张新桌子。

"都准备好了!"温妮说,"可惜还是没有茶壶!真糟糕!胶水在哪儿呢,威尔伯?"

温妮以最快的速度把茶壶碎片粘成了一个茶壶形状的东西。但她又听到客人们说……

"温妮会先给我倒茶。"欧文舅舅说,"她知道我的地位最高。"

"欧文,你脑子进水了吗!"爱丽丝姨妈说,"温妮一定会先给我倒茶!"

"不,当然是我!"卡斯伯特说,"我,我,就是我!"

"真是无聊呀!"温妮说,"我马上就把他们搞定!其他茶壶在哪儿呢,威尔伯?"

最后,温妮终于弄好了茶壶,有点儿黏,又有点儿像羽毛一样柔软,但喝茶的准备工作都做好了。

"咳咳,"她走进客厅说,"各位现在可以过来喝茶了吗?"

欧文舅舅、爱丽丝姨妈和卡斯伯特表哥你挤我,我挤你,你掐我一下,我掐你一下……

"都放规矩点儿!"温妮说,"你们每个人都可以坐最好的位置……因为桌子是方的!"

三个亲戚都坐了下来。

"谁想喝茶?"温妮问。

"我,我,我!"他们都喊道,却没有一个说"请给我倒茶"。

"我来倒茶,你们每个人都会得到第一杯茶。"温妮说,"我给自己倒的,也是第一杯。"

"是吗?"三个亲戚说,他们看着温妮在桌上摆好四个杯子。然后,温妮从粘起来的茶壶上取下茶壶套,同时倒了四杯茶。

"啊!"亲戚们感叹道。

于是大家一起咕咚咕咚地喝了起来,喝完还打了响嗝,在剩下的时间里,他们也没什么好争吵的了。

"嘿！"温妮送走了客人，边说边把门关上，"我们再来一杯吧，这次就我们两个，威尔伯。"

温妮煮了一壶最好、最新鲜的地沟水茶。

"喵！"威尔伯警告说，但温妮没听。她开始倒茶，然后……

"来舒舒服服地享受一下热茶足浴吧！"温妮说着，把脚指头泡进了茶水里，"忙碌了一天，这么放松放松，真是太完美了！"

22

温妮种魔杖

吱吱，吱吱，吱吱，吱！

"是谁惹老鼠生气了？"温妮说，她放下早餐吃的霉霉柑橘酱烤面包，抬起头来，"可恶，是我的手机响了！你又瞎摆弄手机铃声了吗，威尔伯？"温妮从口袋里把手机拿出来，放到耳边，"喂？"

手机那头传来了一个端庄娴雅的声音："我是学校秘书帕尔玛太太。我想请你帮个忙。"

"要我帮忙?"温妮说。

"是的。"帕尔玛太太说,"温妮,可以让学生们去你的花园,参观那儿的植物和动物吗?他们有个课题要做。"

"哇,那太好了!"温妮说,"要有很多小孩来我的花园了!"

"我只有一个规矩!"帕尔玛太太严厉地说。

"是什么?"温妮问道。

"只要孩子们和你在一起,你就绝对不能使用魔法。"

"小菜一碟碟,挤爆粉红虫!"温妮说。

"我相信你,温妮!"帕尔玛太太说,"我两点带孩子们过去。"

"好哇！"温妮说，她拉着威尔伯跳起舞来。接着，她向窗外望去。"啊！"她说，"糟糕。我都忘了花园乱得不像样了。"温妮从袖子里抽出魔杖，"帕尔玛太太可没说'在小孩们来之前不能用魔法'。就让我挥一挥魔杖，把花园收拾干净吧，威尔伯！"

威尔伯跟着她走到外面。

"孩子们肯定喜欢开满花、气味甜美、色彩鲜艳的东西。"温妮挥舞着魔杖说。

"阿布拉卡达布拉!"

顷刻之间，温妮就穿上了你所见过的花朵最多、气味最甜美、色彩最鲜艳的鞋子。

"糟糕！"温妮说，"这是怎么了？"

威尔伯用一只爪子捂着嘴窃笑起来,他指着温妮的魔杖。原来是魔杖变弯了。

"指错方向了!"温妮说,"再来试试看!"

"阿布拉卡达布拉!"

落在树上的好几只黑色大乌鸦,立刻就变成了开满花、气味甜美、色彩鲜艳的鸟儿。

　　"不是这样的!"温妮说着,试着把魔杖弄直,但它马上又变得蔫蔫的,"魔法世界,魔法世界,我的魔杖怎么了?"

温妮抚摸着魔杖:"不太舒服吗,宝贝魔杖?"魔杖还是蔫蔫的。温妮给魔杖缠上了绷带,又浸在了药水里。但它一直是弯的。"我是没办法了。"温妮说,"我们去查一查温妮弗莱德姑婆写的《魔法百科》吧,看看她知不知道怎么治好魔杖。"

温妮打开满是灰尘的书,查看里面的咒语。

"哦,真见鬼!"她说,"这字写得跟卷卷的小猪尾巴似的,我看不懂!啊,我的姑婆是那么久以前的人,她那么聪明,要是她能帮帮我就好了。我和她同名,你知道的,威尔伯,可惜我没她聪明。"

"打起精神来,姑娘!"一个像是落满

了灰尘的苍老声音说,"咳,咳!"

"呀呀!"温妮说。

"喵喵!"威尔伯叫道,他身上的毛都竖了起来,眼睛睁得大大的。

像一团灰色烟雾一样飘浮在桌子上方若隐若现的,正是温妮的姑婆温妮弗莱德。

"你怎么了，姑娘？"她用低沉而洪亮的声音说。

"呃，呃，呃……"温妮说，她已经忘记怎么说话了。

"快说呀！"温妮弗莱德姑婆催促她。

"是我的魔杖出问题了。"温妮说，"它打蔫了。"

"来点儿魔杖营养品，保管药到病除！"温妮弗莱德姑婆说。

"我试过了。"温妮说，"所有法子我都试过了！不管用！"

"别灰心，姑娘。"温妮弗莱德姑婆说，"那就种一根新魔杖好了，你不知道吗？"

"可以这样做吗？"温妮说。

"就像从仙女蛋糕上捉跳蚤一样简单。"温妮弗莱德姑婆说，"把你的魔杖插进土里，浇点儿水，给它晒晒太阳，然后，等它长出来就可以了。就这么简单。"

"天哪，我都不知道还能这么干。"温妮说。

温妮把她那根蔫蔫的魔杖插进土里,浇了水,还给它晒了太阳,它开始生长了。它越长越大,结出了很多魔杖,有的粗,有的细,有的是一节节的,有的是弯的,还有的是螺旋状的。

"就挑一根又直又好的吧。就是这样！"温妮弗莱德姑婆飘在温妮右耳后面说。

温妮正伸手去拿一根很漂亮的魔杖时，突然传来了一阵动静。

"听起来像是有一百只小猫头鹰正咕咕咕地破壳而出！"温妮弗莱德姑婆捂住耳朵说。

"是孩子们来了！"温妮说，"进屋去吧，姑婆！不能让他们看见你！"

"孩子们来了,温妮!"帕尔玛太太说,"我三点来接他们。祝你们下午过得愉快,记住……"

"不能使用魔法!"温妮说,"我知道的。"

然而,孩子们似乎不知道这条规矩。他们对巨型大黄和爬满了毛毛虫的奶油冻植物不感兴趣,他们对臭气熏天的荨麻、缠结的藤蔓和鼓鼓囊囊的喇叭虫也不感兴趣。不好,孩子们径直跑到魔杖树前,他们摘下魔杖,挥舞了起来……

"呀,我看还是不要……"温妮说,但没人听她的,"噢,老天,我该怎么办呢,威尔伯?威尔伯?"

但威尔伯并不在温妮的脚边,取而代之的是一只愁容满面的黑色小猛犸象。"威尔伯!"温妮痛苦地叫道,"啊,拜托,孩子们,不要……"

吱!嗞!叮当!哗哗!咔!

魔法到处乱飞。植物变了,孩子们变了,温妮也变了!

就在这时,温妮弗莱德姑婆飘过来救场了。她像一团发怒的浓雾,咆哮着冲进了花园。

"停下！立刻给我停下！"她对孩子们大喊，声音回荡在房子的墙上。

孩子们果真停下了。他们张着嘴巴，全都愣住了。

"把魔杖都放在地上！"温妮弗莱德姑婆用低沉的声音说，"现在，两两一组，排队站好。把背挺直了！不准说话！"

温妮弗莱德姑婆拿起一根笔直的魔杖。

"阿布拉卡达布拉！"

温妮和威尔伯立刻恢复成了原来的样子。这真是太及时了,因为帕尔玛太太正匆匆赶来接孩子们。

"噢,我的天哪!"帕尔玛太太看到孩子们,说,"他们表现得真不错!你没对他们施魔法吧,温妮?"

"我整个下午都没有施过魔法。"温妮说。

"很好!"帕尔玛太太说,"那就回学校吧,孩子们!我的天哪,你们真安静!做得好,温妮!"

"鼩鲭(qújīng)炖一炖,一切都很顺!"孩子们走远后,温妮说,"我们用这些魔杖来点篝火,怎么样?"

就这样,篝火燃起来了,五颜六色的火焰蹿得老高,发出各种神奇的声响,幽香四溢,有很多幽灵从火焰里飘了出来,惊喜不断。温妮、威尔伯和温妮弗莱德姑婆烤了棉花糖吃。

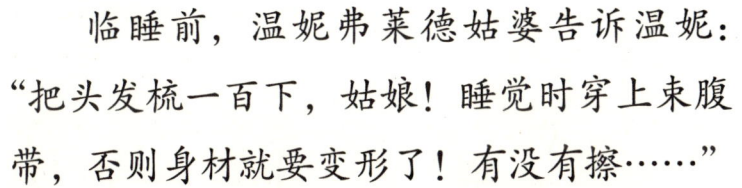

临睡前,温妮弗莱德姑婆告诉温妮:"把头发梳一百下,姑娘!睡觉时穿上束腹带,否则身材就要变形了!有没有擦……"

"姑婆,你该回书里去了。"温妮说,"晚安。当心,别让书虫咬到!"她砰的一声合上了书。四周安静了下来。

"啊!"温妮说。

"喵喵!"威尔伯表示同意。

46

温妮去度假

啊——温妮打了个哈欠。她穿着树懒拖鞋，站在窗边，看着雨点像小蜗牛一样滑下玻璃。

"下雨了，这雨下得可真大，
我的猫在打呼噜。
这也太无聊了，
无聊，无聊，无聊！"

温妮把手指放在窗玻璃上，随着另一边的两个雨点向下滑，看哪一滴能赢。

"滴滴答赢了!"她说。威尔伯睁开一只眼睛,很快又闭上,打了个大大的哈欠,露出了一口尖牙。

温妮从水果盘里拿起一颗臭臭梅,朝威尔伯扔了过去。

"喵!"

"我们找点儿事做吧!"温妮说,"我想到了,我给隔壁的杰瑞打个电话,看看他愿不愿意过来玩'鳄鱼咬人'或'螃蟹大战卷心菜'。"

"可是,我要去度假了,正在收拾行李呢,女士。"杰瑞在温妮的哀号声中说道,"再见了。"

"度假?!"温妮道,"度假!威尔伯!这正是我们需要的。我们一起去美美地度个假吧!"

瞬间,温妮就又打起了精神,口中念道:"阿布拉卡达布拉!"

一堆假日指南落在了桌子上。温妮扑了过去:"来吧,威尔伯!帮我选一个!"

温妮找出了海边度假手册。"多好哇!"温妮说。

"喵!"威尔伯叫道。

"总是下雨,你受够了湿漉漉的天气,是吗?"温妮说,"这个看起来倒是干爽!"她一边说,一边晃了晃一张狮子在非洲草原上捕猎的图片。

"喵喵!"威尔伯急得尖声叫了起来。

"你不喜欢那么大的猫?"温妮说,"那你想上哪儿去呢?"

威尔伯指了指一个老年人度假指南,上面有一只肥猫趴在壁炉前打盹儿。

"那肯定跟看蜗牛奥运会一样没意思!"温妮说。

"哎呀！也许我该把你送去我姐姐万达家，她也有只猫，叫韦恩。那样的话，我就可以一个人去度假了。"

"喵喵喵喵！"威尔伯叫道，他的眼睛瞪得溜圆，爪子紧紧地抓着他身下那把破破烂烂的老鼠皮椅子。

"噢，好吧！你可不要一着急把胡须拔下来了！"温妮说，"我也想带你一起去

度假。但有什么地方能让我们两个都满意呢？"接着……叮咚！"我想到了！"她说，"我们就来一场神秘的旅行吧！"

"喵？"威尔伯叫了一声。

"是这样的，"温妮说，"我们出发后就一直走，一路上边走边找我们喜欢的地方。找到了，我们就停下来好好玩。"

威尔伯竖起爪子，于是，事情就这样决定了。

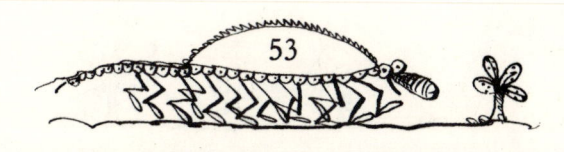

温妮开始打包行李。

"大象呼吸管和海豹橡胶蹼，下海用得上。一顶兔子帽和一双臭鼬靴，滑雪用得着。压扁的苍蝇饼干、上好的霉奶酪，还有萝卜爬虫调味酱，要是我们不喜欢当地的食物，可以拿来解解馋。蠓蚊美容霜、鳄鱼咬伤乳液、服务员吸引药水、猪油晒伤膏药、一顶帐篷、帐篷桩、火柴、平底锅，还有……哎呀！"温妮说，"袋子装不下了。"

温妮又装了一个手提箱和一个大衣箱。威尔伯摇摇晃晃地走了过来，他的背包里装满了一块块的鱼翅，还有他那又舒服又柔软的毯子、太阳镜、护目镜、地图、开罐器和胡须膏。

"全都塞进去，威尔伯！"温妮说，"一定可以的！"

他们带着行李左右摇摆地走了出去，立刻就被浇成了落汤鸡。

"啧！还有件事！"温妮说着跑回了屋里，"我忘带雨伞和臭雨靴了！"

他们爬上了温妮的扫帚。

"出发吧，扫帚！"温妮喊道，

"你爱带我们去哪儿,就去哪儿!哇,太刺激了!真想知道我们会到哪儿去!"

嘿!扫帚用力起飞。它使了很大劲儿!可他们压根儿动也没动。

可怜的扫帚载不动这么重的行李。"总不能丢下行李吧。"温妮说,"只有一个办法了!"温妮挥了挥魔杖,嗖嗖!

"阿布拉卡达布拉!"

突然，一辆小轿车停在了她家门前。

"哇！是不是很闪亮！棒吧？这车真大！后备厢里能装下所有行李！还有车顶呢，这下不会淋雨了！我以前怎么就没想到变一辆车出来呢？"

"喵！"威尔伯表示赞同。

温妮把行李扔进后备厢，装不下的就绑

在车顶上、挂在车门把手上。"可恶!空间还是不够大!我想到了!"嗖嗖!温妮的魔杖又挥了起来。

"阿布拉卡达布拉!"

小轿车后面立刻就出现了一辆漂亮的女巫大篷车。

"完美!"温妮说着把她的扫帚扔进了大篷车里,"好啦,准备工作全都做好了!上车吧,威尔伯!我去打开暖气和蝰蛇雨刮器,然后,我们就可以出发了!"

不过,温妮分不清哪个是蝰蛇雨刮器的按钮,哪个是长柄勺前大灯的按钮。她连变速杆、刹车踏板和癞蛤蟆喇叭都分不清。

突然车灯闪了起来,与此同时,喇叭也响了,发动机开始加速运转。威尔伯的毛都竖了起来!

"开车就是小菜一碟!"温妮说着,按下了仪表盘上的一个大按钮,"许多人都能开!"车猛地一歪,向前猛冲了一段距离,接着晃了晃,停下不动了!

"真像一只可恶的袋鼠!"温妮说,"可恶!"

"喵喵喵喵喵喵喵喵!"威尔伯呜咽着叫道。

"什么?"温妮说,"你想让我放弃?再试一次,好不好?"

温妮一通乱按,踢踢这儿,转转那儿,还猛拉了几下。这次车子竟然猛地向后倒去,撞到了大篷车上……砰!咚!哐!

"哎呀!"温妮说,"我们在倒退,路在向前移动!哦,抓紧了,威尔伯!我们正往山下滑呢。"轰!

"呜呜。"温妮说。

汽车和大篷车都在温妮花园尽头的鸭子池塘边停了下来。车轮陷进泥里，彻底卡住了。

"呜呜。"温妮又说。

威尔伯从车里出来。他浑身抖个不停,眼睛瞪得溜圆。温妮看了他一眼:"呃……威尔伯,我们就在这儿度假好吗?"

"喵!"威尔伯叫了一声,重重地点了点头。

雨已经停了,太阳钻了出来。温妮和威尔伯搭起帐篷,开始整理东西。

"我们可以在池塘里用呼吸管潜水。"温妮说,"我们还可以爬那棵树!想做什么,就做什么!"

他们在炉子上烤沼泽棉花糖。"我们最喜欢的东西都有了!"温妮说,"到了该回家的时候,甚至不用开车!"

"喵!"威尔伯说,用一只爪子擦着前额。

"现在可以说是十全九美了!"温妮道,"要是再有个伴儿,就十全十美了。"

就在这时,突然传来了咚咚咚的声音。

"喂,女士!"一个声音说。

"杰瑞!"温妮说,"我还以为你去度假了!"

"我去了呀!"杰瑞说,"我正在度假呢。看看我穿的衣服!"

"那就来和我们一起喝一杯吧,杰瑞。"温妮说,"喝完了,我们来一场搭泥堡比赛,你和小邋遢一组,我和威尔伯一组。"

他们玩得不亦乐乎。你认为哪一组获胜了呢?

68

温妮
大闹赛马场

"冲呀,多莉水滴!"温妮喊着,在沙发上跳上跳下,还用魔杖敲打沙发,"冲呀!"

她正在看电视上的赛马比赛。

"再快点儿!冲呀!"

接着,温妮沉浸在了幻想中,眼神变得迷离了。"养匹马去参加比赛,是不是很棒,威尔伯?"

"喵!"威尔伯坚决地摇摇头。

温妮那像在做白日梦似的目光转向了

魔杖，随即又飘向地板上的一只老鼠。"威尔伯，在《灰姑娘》的故事里，他们是不是把一只老鼠变成了……呀，有了！"温妮一挥魔杖，"阿布拉卡达布拉！"

"嘶嘶嘶嘶！"

突然，刚才老鼠待的地方出现了一匹马。它又大又笨，没有半点儿灵活的样子。哗啦！马儿一转身，屋里的各种物件开始纷纷掉落。

嘎吱！咣当！咔嚓！温妮的家具和小摆设都飞了起来。

"乖乖，冷静下来！"温妮说，"呃……你看起来不太像一匹赛马。还有，那不是干草，你这个笨蛋！那是我的头发！老天，蠼螋的胳膊肘，我要把马拴在哪里，它才不会弄坏东西呢？我看呀，厨房最合适了。"

71

温妮在洗涤槽里灌满了水给马儿喝，还给马儿喂了胡萝卜和方糖。

咯吱！咯吱！"见鬼，可不能一直这样下去！方糖这么贵，你想继续吃，就得给我赢点儿奖金回来！"

温妮在马儿身上盖了条毯子,把它拴在一条桌腿上。"现在好好睡一觉吧。"她说,"我们明天早上就去比赛!"

温妮穿上睡衣，用网罩住头发，这样一来，她的头发看起来确实有点儿像一堆黑色的干草。她睡着了，做了一个梦。在梦中，她赢得了比赛，一边从女王手里接过一个巨大的金杯，一边说着："啊，谢谢你，陛下。"接着，她用金杯给马喂了一杯香槟，有气泡从马鼻子里冒出来，马就这样飘了起来，一直飘到了空中，温妮抓住马尾巴，也飘了起来，然后……

75

一阵乒乒乓乓的巨大声响吵醒了温妮。

"啧!这下可是太失策了!"他们走进厨房时,温妮赶忙捏住自己的鼻子说。

"嘶嘶嘶嘶!"

"喵喵!"

地板上到处都是冒着热气的马粪。

温妮抓起她的扫帚,开始打扫,但扫帚生气了,它不停地踢着,还扭来扭去的。"扫马粪一点儿也不好玩。"温妮说,"不过呢,赛马肯定就跟吃冰冻果子露面包一样有趣。出发吧!"

温妮穿上骑师服,把她那只最小的锅当帽子戴在了头上。

"嘿,威尔伯,我们给马儿起一个适合比赛的名字吧。人们总是给马起一些傻乎乎的名字,是不是?叫奇迹嘶嘶,怎么样?"

"喵。"威尔伯不以为然。

"还是叫威尔伯和温妮的胜利奇迹,简称小奇迹?"

"喵喵喵!"

于是,温妮在马鞍褥的一角写下了"小奇迹"几个字。

"现在它看起来就像雪果甜馅饼一样聪明了!"温妮说,"帮我爬上小奇迹吧,威尔伯,然后我们就出发!"

"哇！太高了！"温妮坐在马上说，"它的身体又宽又大，我像是坐在鲸鱼身上。呀，我的腿！"

温妮咂咂舌头:"驾!"

什么也没有发生。

于是温妮把一块方糖悬吊在魔杖的末端,在小奇迹面前晃来晃去。小奇迹伸长了脖子,一口咬住方糖,还咯吱咯吱地把魔杖的末端也咬了下来,但它并没有前进。

温妮用高跟鞋夹了夹马肚子,还用被咬坏的魔杖猛抽马的身体。"动一动呀,你这个没用的大家伙!"马儿还是没有反应……过了一会儿,温妮的扫帚决定帮忙。扫帚狠狠地抽了一下小奇迹的屁股。啪!

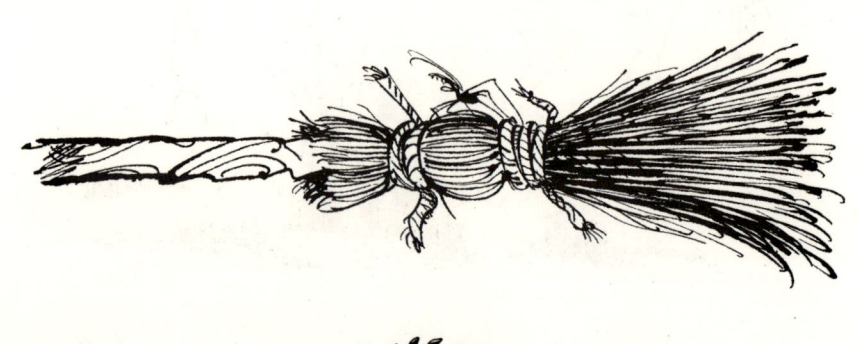

"嘶嘶嘶嘶!"

小奇迹后腿直立,甩开蹄子狂奔起来,它冲出温妮家,沿着大路冲向赛马场。

"没想到它跑起来这么快!"温妮说。

可惜他们没跑出多远。威尔伯本来一直拼命地抓住小奇迹的尾巴,但当小奇迹纵身越过花园门的时候,他摔了下去。温妮倒是多撑了一会儿,但很快也从马身上滚了下来,只听咣当一声,她的小锅头盔撞到了地上,她滚进了一个满是难闻的绿色黏液的沟里。

"呜呜,真倒霉,癞蛤蟆屁股上的痣!"温妮一边说,一边把阴沟里的臭虫从她的头发里揪出来。

温妮伤心极了,她踩着咯吱咯吱响的鞋子走回了家,却发现威尔伯正忙着把老鼠窝塞进温妮一只臭烘烘的、满是洞的旧袜子里。

"你干什么呢?"温妮揉着身上的瘀伤问。

威尔伯用袜子罩住温妮那把扫帚的顶部,温妮突然明白了他在做什么。"你在做玩具马!"她说,"啊,你这只猫咪真是太聪明了!有了这些条纹,就更像是玩具斑马了!"

温妮把一个切开的煮鸡蛋放在扫帚玩具斑马头上当它的眼睛,又用卷心菜叶给它做了耳朵。

"来吧,威尔伯!要是我们速度够快,还能赶上最后一场比赛!"

他们赶到赛马场,一到近处就听见人群的欢呼声响彻天空,喇叭里是这样说的:"今天的最后一场比赛即将开始,所有人都可以参赛。请牵马到围场。"

"快!"温妮说。

环形赛场上到处都是马和骑师,他们也加入了其中。人们对着温妮的马指指点点,哈哈大笑。

"别理他们!"温妮说。

他们排好队,等候出发。砰!马儿飞奔起来!普通的马都优雅地奔向第一道跳跃障碍,温妮却摇摇晃晃地落在了后面。接着,她绊了一下,跌倒了。

"可恶的蝙蝠屁股!"温妮说。

"哈哈!"人们都嘲笑她。

"阿布拉卡达布拉!"温妮喊道。

温妮的扫帚玩具斑马突然带着温妮和威尔伯从地上起来,快速向前猛冲,去追前面飞驰的骏马。它一下子就翻越了障碍。扫帚玩具斑马转过身,对着后面来的马一咧嘴,阴森地笑了笑,一半的马都被吓得往后闪躲,偏离了方向。

"驾！驾！"温妮说。他们继续往前飞奔，接着，他们猛地停在了明渠边，其他的骑手也想停下，但——砰砰砰！他们全都撞到了一起。

"现在我们前面只有一匹马了!"温妮喊道,"来吧,扫帚马!只要你能赢,我就再也不用你扫马粪了!"

扫帚马跑得更快了,身影都变得模糊不清了,它凭借一个马头的距离赢得了比赛,当然,马头是塞着老鼠窝的臭袜子。

"万岁!"温妮喊道。

"万岁!"人群喊道。

"优胜奖杯不能给你。"一个戴帽子的傲慢男人说,"只有骑真马的骑师,才有资格赢得奖杯。"

"无所谓。"温妮说,"我自己有奖品。"她从口袋里掏出一样东西塞进嘴里,咯吱咯吱嚼了起来。"玩具马就是这点好。"她拍了拍扫帚马的鼻子,"可以把方糖留给自己享用!"

学校➡

90

超级惊喜

"万岁!"温妮高兴地唱了起来,"今天有化装派对!"

温妮和威尔伯正往学校走去,他们拎着一篮子为派对准备的食物,里面有泡菜圆面包和加了沙子的三明治。

"我们都该打扮起来。"温妮说,"你可以扮成穿靴子的猫,威尔伯,而我呢……"温妮边走边说,没注意看路。

扑通！她被绊倒了。

"嘿！"温妮说，"这讨厌的木桩子……呃……腿……挡在路上干什么？"

小路旁的灌木丛里隐约地传出一阵抽泣声。

"呜呜！"

"杰瑞？"温妮说，"是你吗？"

杰瑞吸了吸鼻子说："是的，温妮。"温妮朝灌木丛走了过去。

"你这是怎么了?"温妮说。

"因为……"杰瑞说着又吸了一下鼻子,"学校要举办派对!"

"我知道!"温妮说,"每个人都被邀请了!"

"……除了我!"杰瑞说。

"为什么呀?"温妮问。

"因为我是巨人！"杰瑞说，"每个人都读过巨人的故事，觉得巨人很恐怖，就没邀请我！"

"胡说八道！"温妮说，"关于巨人，也有一些有趣的故事呀。比如说杰克爬到豆茎上碰到巨人的故事……呃……好吧，还有一个自私的巨人不让孩子……哦，我明白你什么意思了，杰瑞！那些都是故事而已，不是真的，里面的人物也不像我们是真实的人！"

"那为什么没人愿意和我玩呢？"杰瑞说。

"我和威尔伯跟你玩!"温妮说,"来吧,我们来玩捉迷藏。你去藏起来,杰瑞。我数到100就去找你。"

"好的!"杰瑞说完就咚——咚——咚地走了。

温妮开始数数。

"1只蚊子,2只蚊子,3只蚊子……"

咚——咚——咚!

"脚步轻一点!"温妮喊,"我能听出来你在哪儿!22只蚊子,23……"

杰瑞踮起脚,但还是不时传出砰声,或是咔嚓声。

"98只蚊子,99只蚊子,100只蚊子!"温妮喊道,"我来啦,准备好了吗?"

温妮一睁开眼睛……就看到杰瑞的屁股从臭臭梅灌木丛里撅了出来,而这个时候恰好有个小女孩也看到了……

她尖叫起来!"妈妈,妈妈在哪儿?"小女孩哭喊道。

"呃,找到你了,杰瑞!"温妮说。

"看到了吧,温妮!"杰瑞说,"看到没?我不擅长玩游戏!还会吓着别人!"

"你把捉迷藏变成了尖叫游戏!"温妮说,"我们来玩跳背游戏吧!"

温妮本想从杰瑞背上跳过去,结果只听到嘭的一声,温妮撞在了他身上。接着威尔伯又啪的一声撞上了温妮。杰瑞对他们来说个头儿太大了,他们怎么也跳不过去。

"哦,我被撞得跟爆米花似的,身上像摔烂的香蕉!"温妮说,"我放弃!"

"看到没?"杰瑞说,"看到没?"

"是的,我看到了,"温妮说,"但是别担心,杰瑞!你应该去参加派对!"

这时,一本相册给了威尔伯灵感,他看到了一张从前街区派对的照片,想到一个主意。

"太棒了!"温妮说,"快点,我必须给帕尔玛太太打电话。"

到了商业街,温妮挥了一下魔杖:"阿布拉卡达布拉!"

眨眼工夫便出现了一条环线公路,居民区的车都沿着这条公路开走了。"为了派对,我们需要把这里装点一下。"温妮说着挥了一下魔杖,"阿布拉卡达布拉!"眼前出现了许多鲜花。"我要把这些花都插起来。"温妮说。

温妮跳到扫帚上,飞到空中,在所有的烟囱里插上了花。"这下就跟粉红蟑螂一样好看了!"温妮说完又继续飞来飞去,把大家后花园里的晾衣绳拿来搭在路灯上。"这些装饰多么漂亮啊!"温妮说。

帕尔玛太太则在地上安排桌椅、食物和饮料。

"我们该把杰瑞安排在哪儿？"帕尔玛太太说，"这些普通椅子都会被他压坏的！"

"交给我吧，帕尔玛太太！"温妮说，"阿布拉卡达布拉！"

会场上突然出现了一个巨大的宝座。同时地面上还出现了一个坑，杰瑞的座椅正好能放进去，这样他坐下后就跟别人一样高，可以使用餐桌了。

"干得漂亮！温妮！"帕尔玛太太说。她在杰瑞的餐桌上摆了一个大桶盖子当盘子，放了一个水桶当杯子。

"大家都来了！"帕尔玛太太说，"我们先玩派对游戏，然后再喝茶。哦，可是我们都没穿化装服呢，温妮！"

"小菜一碟碟，紧身裤子扯一扯！"说着温妮挥了一下魔杖，"阿布拉卡达布拉！"

现在温妮和帕尔玛太太看上去是不是很可爱?

帕尔玛太太宣布第一个派对游戏开始。

"捉迷藏!"

"天哪,哦,天哪,威尔伯!"温妮说,"杰瑞怎么玩这个游戏呀?他现在去哪儿了?"

威尔伯耸了耸肩。

于是孩子们东躲西藏,最后藏哪儿的都有。有几个孩子藏到了树上,他们爬到树枝上坐下,等着有人来找他们。

"我喜欢在这上面!"一个孩子说。

"我也是,"另一个孩子说,"你们知道那个巨人杰瑞要来参加派对吗?"

树枝抖动了一下。

"是吗？"第三个孩子说，"太好了，我喜欢杰瑞。"

"我也是！"另外两个孩子异口同声地说。这时，有什么东西突然掉了下来。"怎么回事？"第一个孩子说，"树里面下雨了！"

哪里是树在下雨，而是杰瑞哭了。

"树"发出吸鼻子的声音。

"杰瑞？"温妮说，"是你吗？"

"是的，温妮！"杰瑞说，"我是因为太开心了才哭的！"

"杰瑞赢了化装比赛!"帕尔玛太太说,"他扮的是一棵树,就跟真的一样!我们颁给他一本书作为奖励。"

"哦,等等,帕尔玛太太。"温妮看到帕尔玛太太手里的书后说。她挥了一下魔杖:"阿布拉卡达布拉!"

书立刻变了个样子。

"这是一本关于巨人的书吗?"杰瑞担心地问。

"是的,不过这本书里的巨人都很友善!"温妮说。

"哦。"杰瑞说着紧紧地抱住了那本书。

杰瑞让孩子们爬到他身上,然后带着

他们晃来晃去。

"我们可以玩跳背游戏了吗?"温妮问。

"可是……"杰瑞说。

"别担心!"温妮说,她又挥了挥魔杖,"阿布拉卡达布拉!"

一眨眼，孩子们的腿和脚都变成了蛙腿和蛙脚。他们可以毫不费力地跳过杰瑞。

大家不停地跳哇，跳哇！

不过轮到杰瑞跳的时候，他们都赶紧趴下了。

"现在是茶点时间!"帕尔玛太太宣布道。

所有人都一边吃一边交谈。之后他们在地上的坑里放满了水开始游泳。有了蛙腿后,孩子们在水里游得特别快!

而且你猜怎么着?当杰瑞回到家时,在邮箱里发现了一封邀请信。原来他早就收到了派对邀请信,自己却不知道!

"你这个傻大个儿!"温妮说。

112

温妮的大雪怪

温妮看着窗外高声喊了起来。

"好棒,威尔伯!外面的雪已经像锦葵派一样厚了!"

温妮跑到楼下厨房做了一桶斑点麦片粥,灰不溜丢的,咕嘟咕嘟直冒泡。她把粥倒进迷你巫师锅里,往里面加了一些蜗牛糖浆。

"好吃!"说着温妮又闻了闻,"这个味道闻上去真是'一塌糊涂'[①]!"

[①] 原文此处为 abominable,意思是糟糕的、令人讨厌的。——译者注

"喵？"威尔伯不明白地叫了一声，然后舔了一口勺子上的糖浆。

"你喜欢'一塌糊涂'这个词吗？"温妮说，"我不是很清楚它的含义，不过有人跟我说我做的饭'一塌糊涂'。"说着她舔了舔勺子，发出啧啧的声音。

"好吃！看来'一塌糊涂'就是超级好的意思，对不对？"

"喵!"威尔伯摇摇头,指了指词典,但温妮没理会,她正看着窗外。

"我们出去玩吧!"

他们戴好帽子和手套,威尔伯还戴上了尾巴套。穿戴完毕,他们便去外面玩雪了。

"你瞧!"温妮说着就扑通一声倒在了雪地上,压出一个女巫形的印记,只是看起来乱糟糟的。

威尔伯啪唧一声在雪上压了一个非常清晰的猫形状的雪印。他还在上面加了几根树枝作为须子。

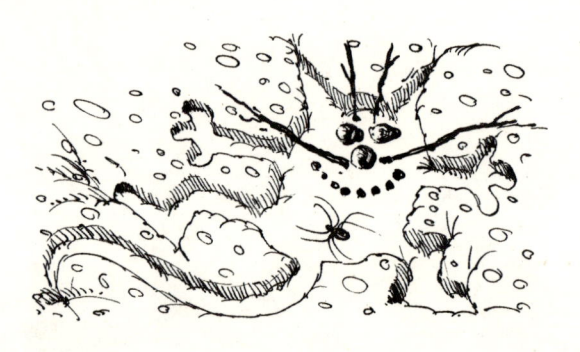

"要我说你压出来的雪印更好!"温妮说。

他们开始滑雪,还伸出胳膊,保持平衡。

只听见啊的一声,随即是砰的一声,温妮摔倒在地。

"啊——"威尔伯尖叫着往远处滑去。

"哈!"温妮揉了揉屁股,"打雪仗才是我的看家本领,我打得真是'一塌糊涂'。看好了!"温妮抓起一把雪捏成一个雪球,朝威尔伯扔了过去,啪!

"雪球打猫猫！"温妮说，"嘿嘿！"

咚！威尔伯也朝她扔了一个雪球，他们索性打起了雪仗。

啪！温妮又扔出去一个雪球。

"打中了！"

"喵！"

嗖！威尔伯回击了一个，但温妮扭头躲开了。

"没打中！"温妮喊道。

威尔伯抱起一个大雪球嗖地扔了出去，嘭！雪球不偏不倚地进了温妮的脖子里，弄得她又湿又冷。

"嘿！"温妮喊道，"哦，威尔伯，你这个捣蛋鬼！太坏了。"威尔伯喵地叫了一声，哈哈大笑起来。

"停!"温妮说,"要不然我再也不跟你玩了!"

可威尔伯又朝她扔了一个雪球,啪唧一声正好打到了她脸上。

"喵嘿嘿嘿!"

"好吧!"温妮说,"你再也不是我的朋友了,威尔伯你个坏猫!"

温妮跺着脚走了,但看到有一群小孩在堆雪人,她又停了下来。

"我能帮忙吗?"温妮问。

她在雪人身上这里加点东西，那里加点东西，最后堆出一个更加特别的雪人。"好多了，对吧？"温妮说。

"看那个！"孩子们笑着指着威尔伯在旁边堆出来的另一个雪人，"是女巫雪人！这是温妮！哈哈！"

"哼!"温妮说,"我能让我们的雪人变得比他的那个更棒!要不要?"

"要,拜托了!"孩子们说。

"我要把这个雪人变成一个'一塌糊涂雪人'!"温妮说着挥了挥魔杖。

"阿布拉卡达布拉!"

"哎呀!"孩子们说,"这……这……这是什么?"

"是一个可爱的'一塌糊涂雪人',"温妮说,"它的个头非常大……呃,真的非常大,对吧?"

孩子们都倒吸一口凉气。

"一塌糊涂雪人"身形巨大!身上长着毛,而且还能动!它咚咚地迈着大步朝孩子们走了过去,看上去一点也不友善!

"呃,你好哇,友好的'一塌糊涂雪人'!"温妮说。

124

咚——咚!

"哦,天哪,快跑!"温妮喊道。温妮和孩子们向着山下跑去,但"一塌糊涂雪人"紧紧地跟在他们后面,甚至比他们跑得还快。

咚——咚——咚!

"它快追上我们了!"温妮说。

威尔伯一个俯冲,跳到了"一塌糊涂雪人"前面,想让它停下来。但雪人跨过威尔伯,朝山下滚去,它像球一样越滚越快,结果变成了一个巨大的雪球。

那玩意儿轰隆隆隆地滚哪,滚哪。

"阿布拉卡——"温妮正要念咒语,却噌的一下被大雪球卷了进去。雪球不停地把山上的雪卷起来,变得越来越大。噌——噌——噌,"一塌糊涂雪球"把孩子们也卷了进去。

这时只听到帕尔玛太太大声喊道:"放开孩子们,你这个恶霸!"她站到已经变成雪球的"一塌糊涂雪人"前面,伸出一只手——

"停!"她命令道。但"一塌糊涂雪球"把帕尔玛太太也卷了进去。

幸好山坡逐渐变缓,"一塌糊涂雪球"终于停了下来。雪球里面伸出一堆胳膊、腿和脑袋。

"天哪!"温妮说,"我的魔杖去哪儿了?"威尔伯跑过来把魔杖递给她。她使劲一挥:"阿布拉卡达布拉!"

砰,雪球轻轻爆开了,把温妮、孩子们和帕尔玛太太喷到了雪地上。雪人和雪球都不见了。

"谢天谢地!"温妮说完想站起来。但因为滚了一路,她早已头晕眼花,还没站稳就又摔倒了。不过她却笑了。"嘿!我有一个超棒的主意!"她说。

"哦,天哪。"帕尔玛太太晕乎乎地说道。

"我们应该来一场盛大的冰雪舞会!"

温妮说。

"得了吧!"帕尔玛太太说,"我们今天已经受够大雪球①了。"

"不是要再来一个雪球,帕尔玛太太!"温妮说,"是举办一场冰雪舞会!你知道的,就是穿着优雅的连衣裙,戴着领结,听着音乐跳舞这档子事!"

---

① 冰雪舞会的英文 snow ball,听上去跟 snowball(雪球)一样。——译者注

但帕尔玛太太还是直摇头。"今天晚上举办舞会已经来不及了。没时间去准备食物、买裙子……"

"大家看那儿！"温妮喊道。每个人都转过头去，只见温妮飞快地挥了一下魔杖。

"阿布拉卡达布拉！"

"哇!"

一瞬间,大家眼前出现了一个闪闪发光的圆顶大雪屋,是用"一塌糊涂雪球"变的。原来是一个冰屋舞厅!里面有乐队,还有食物和气球。

音乐叮叮咚咚地响了起来。

"咳咳，喵！"

"威尔伯！"温妮说，"哦，你看上去真是风度翩翩，对了，你今天真的很勇敢，还想把我们从'一塌糊涂雪人'手里救出来。"

"喵！"威尔伯谦虚地叫了一声。

"哦，威尔伯，很抱歉，我刚才太情绪化了！"温妮说，"我们还是做朋友吧？拜托了。"

"喵!"威尔伯开心地笑了,伸出一只爪子递给温妮。

"哦,太好了!我想和你跳支舞!"温妮说。

于是温妮、威尔伯,还有帕尔玛太太和孩子们一起跳哇,跳哇,外面天黑了,他们还在跳,一直跳到第二天早上太阳升起。在温暖阳光的照耀下,冰屋舞厅开始融化。

每个人都跳得浑身热乎乎的。"阿布拉卡达布拉!"温妮念了念咒语,冰屋舞厅瞬间就变成了五颜六色的冰棒,有红的、橙的、绿的和紫的。

"吃吧!"温妮说。

温妮舔着一个小黄瓜味的绿色冰棒,而威尔伯则咔嚓咔嚓地咬着一大块腌鱼口味的金色雪糕。

"你知道吗,威尔伯?"温妮说,"这真是一个'一塌糊涂'的舞会!"

"你说错了,温妮!"帕尔玛太太说,"'一塌糊涂'是糟糕的意思。"

"是吗?"温妮说。

"可这个舞会真的太棒了!"

"那你说我做的饭'一塌糊涂'是指……"

"我指的是别有风味。"帕尔玛太太非常肯定地说,"再见!"

136

温妮的
老鼠风琴

嗖!

温妮和威尔伯正骑着扫帚飞行。他们在鼻子上都夹了一个夹子,原来他们的篮子里放着几块绿色奶酪,都长毛发霉了,那股子味道难闻极了。

"这气味肯定能把那些爱叫唤的老鼠引出来。"温妮说,"我会在鳄鱼下巴捕鼠器里放点这种奶酪,然后那些老鼠就会被喊里咔嚓一网打尽,我们晚上就能睡个好觉了!再也不用被老鼠们的刮擦声和吱吱声吵醒了!"

他们飞到学校附近。"哦,看那儿,威尔伯!"温妮说。学校外面贴了一张海报。"看那个闪闪发亮的东西!还有一个那么大的安全别针!这些都是用来干吗的?"

帕尔玛太太从学校里走了出来。

她使劲闻了闻。"这是什么味儿？"她问。

"就是一些奶酪。"温妮说，"你想不想尝尝？"

"不用了，谢谢！"帕尔玛太太说，"啊！我看见你们正在看海报。我们希望能激发起孩子们对音乐的热情。"

"太棒了！"温妮说，"我的热情已经被激发起来了！我好想演奏这些好玩的东西！"

"呃，"帕尔玛太太说，"如果你能演奏乐器的话，今天下午我们将非常欢迎你的到来。我们到现在为止还没找到一位音乐家来为大家演奏。"

"哦，我要来，我要来，帕尔玛太太！"温妮说，"我要让孩子们看看，怎么演奏美妙的音乐！"

"喵——！"威尔伯把头埋进了爪子里。

"你擅长演奏的是哪种乐器?"帕尔玛太太问。

"呃,"温妮说,"是……呃……嗯,到时候你就知道了,帕尔玛太太。我会带着我的乐器来的,不用担心!"

"好吧,谢谢你!"帕尔玛太太说,"我这就去告诉校长!"

"哇!"温妮在飞回去的路上高兴地说,"哦,这真是太棒了,我要成为音乐家了!"

"喵——?"威尔伯不解地叫了一声。

"你是说我怎么成为音乐家?"温妮说,"小菜一碟碟,萝卜挤汁汁!我只需要一个乐器,然后就可以演奏了。"

回家后,温妮拿出魔杖挥了一下:"阿

布拉卡达布拉!"

温妮的脚边突然出现了一个毛茸茸的东西,看上去像一只动物。

"哎!"威尔伯叫道。

"这是风笛!"温妮说,"你听!"说着她就对着上面一个管子吹了起来,把毛茸茸的袋子像气球一样吹了起来。然后那些管子就发出一种特别可怕的哀号声。

"哎!"威尔伯往前一扑,跳到风笛上,风笛的哀号声停了下来……

"哦，威尔伯，风笛都被你压坏了！"温妮说，"你为什么要这么做？现在我得换一个乐器了。"温妮把魔杖的一端放到嘴唇上，"阿布拉卡达布拉！"

眨眼工夫，温妮的手里就有了一把锃亮的小号。

"好极了！我要吹号了！"

温妮吹了起来。

小号没发出声音。

威尔伯笑了，他松了一口气。

温妮生气地使劲一吹,从小号里吹出来一颗覆盆子。

之后小号就嘀嘀地响了起来。

威尔伯拿垫子捂住了脑袋。温妮继续嘀嘀地吹着。"喵!"威尔伯哀号道。

"哦,见鬼,威尔伯!也许我应该试试稍微安静一点的乐器。让我试试弦乐器吧。"温妮像挥舞琴弓一样挥了一下魔杖。

"阿布拉卡达布拉!"

眼前出现了一把小提琴。温妮把小提琴支到下巴下面,开始拉了起来,小提琴发出刺耳的声音。

"喵——哦——哦!"威尔伯也尖叫起来,比小提琴的声音还大。

"你得到外面去!"温妮说,"你一直在那儿吵,我什么乐器都学不成!你出去,让我一个人好好地提高一下我的音乐演奏水平,要不然赶不上学校的表演了!"

温妮把威尔伯扔到外面,然后砰地把门关上,不让他进来。

147

一直躲在角落里偷看的老鼠们开心地笑了起来:"吱吱——吱吱!"它们早就闻到了奶酪的味道,但是刚才有威尔伯在,它们不敢跑出来。而现在……

老鼠吱吱吱地叫着,在空气中嗅来嗅去,窸窸窣窣地窜来窜去。

从房子各处的角落和缝隙里,老鼠全跑了出来。

"走开!"一只老鼠爬到温妮的脚面上时,温妮喊道,"别碰我!"她把老鼠踢了下去。

那只老鼠吱地叫了一声。

"啊!"温妮说,"这个声音真好听!"她又用魔杖轻轻地戳了一下另一只老鼠。

"吱吱!"

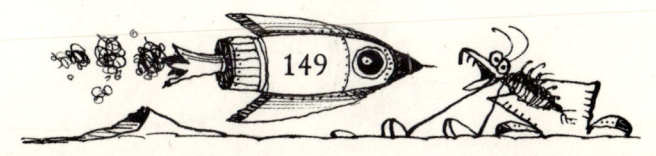

"这低低的吱吱声多好听啊!"温妮说,"嗯,我有了一个绝妙的主意!"

温妮踮起脚走到门口,嘎吱,她把门轻轻地打开。"威尔伯!"她轻声喊道,"回来帮我逮几只老鼠,不过不要伤害它们!"

威尔伯回来了,很快就逮住了八只大大小小的老鼠,把它们放到了一个盒子里。

"很好,"温妮说,"现在该去学校了!"

孩子们整整齐齐地坐在学校的大礼堂里,正安静等着温妮向他们展示盒子里的东西,一起等待着的还有他们的老师和帕尔玛太太。有个孩子举起一只小手。

"盒子里放的是什么乐器?"

"是老鼠风琴!"温妮说,"想不想看看?"

"好哇,请吧!"所有的小孩喊道。

温妮打开盒子,把老鼠都倒了出来。老鼠们看上去有点害羞。温妮把它们按大小排好,然后用手指轻轻地戳了一下一只老鼠。

"吱吱!"这只老鼠叫了一声。

学生们咯咯地笑了起来。

温妮戳了一下另一只老鼠,它也发出吱吱的叫声。然后她又戳了一只,这只也吱吱叫了一声。

"呃……就是这样吗?"帕尔玛太太问,"就是老鼠们不停地吱吱叫吗?"

"呃……"温妮不知道该说什么。这时威尔伯把魔杖递给了她。

"哦,不!"帕尔玛太太说着举起手,"绝对不可以在学生面前使用魔法!"

"我只是要用指挥棒来指挥这些老鼠。"温妮说。

"呃,好吧。"帕尔玛太太说。

温妮举起魔杖。她假装咳嗽,但实际上她悄悄念起了咒语:"阿布拉卡达布拉!"

然后突然……

"我们是八只小老鼠,

吱吱——吱吱。

住在温妮的小屋,

吱吱——吱吱。

我们的歌声让你佩服。

在寒冷的冬天，
如果打算冒险，
我们会从冰柱上溜下来
和你相见。

吱吱——吱吱！
在炎热的夏季，
我们喜欢——
把那自行车骑。
吱吱——吱吱！"

学生们开心地大笑、鼓掌,很快他们就和老鼠一起唱了起来。老师们也很开心。

"哦!鼩鲭炖一炖,一切都很顺!"离开学校后温妮对威尔伯说,"谁也没注意到我使用魔法,对吧?"

回到家，他们打开装老鼠的盒子。不同于以前，温妮再看见老鼠，不再气哼哼的了，威尔伯也不再想吃老鼠了，他们现在与老鼠有点难舍难分。

"我们要不要一起来分享奶酪？"温妮说。

"喵！"威尔伯点头表示同意。

于是在上床睡觉前，温妮、威尔伯和老鼠们欢聚在一起，享用了臭烘烘的奶酪。

"大家都做一个甜甜的奶酪味的美梦吧！"温妮打着哈欠说。结果所有人整晚都没睡。

158

温妮去冒险

温妮的厕所发出汩汩的流水声。

温妮再次拉了一下把手,但是马桶还是冲不了!只听到咕噜咕噜的声音。

"哦,卷纸蹦蹦跳!我的天哪!"温妮说,"这个讨厌的马桶出了问题,我不知道它怎么了!"

"喵?"威尔伯叫了一声,提醒温妮试一下搋(chuāi)子。

"可以试一试！"温妮表示同意。温妮用搋子在马桶里杵来杵去，把里面的水搋得稀里哗啦的。温妮又拉了一下把手。马桶只是发出咕噜咕噜的声音。"管道里面肯定有东西！"温妮说，"把管道给堵了！"她趴在马桶边，探头往里面看去。"拉一下把手，威尔伯，我看看是不是有什么东西把马桶堵了。"

威尔伯猛地一拉把手。马桶里的水哗哗地冲了下去。

"啊——！"温妮也被冲进了马桶。

"喵！"

威尔伯使劲拽住温妮的腿。但马桶刚才被堵了半天，现在的冲力特别大，还是把温妮带进管道里冲走了。

"喵！"威尔伯着急地喊道，"喵，喵！"但马桶现在已经冲完了，温妮不见了。"喵

161

呜！"威尔伯用一种从小猫咪起就没用过的嗓音哀号道。

温妮在管道里嗖嗖地直往下滑，好像在泳池里坐滑道一样。只不过管道比滑道脏多了，而且臭烘烘的。这玩意儿一直向下延伸……

"呼!"温妮从水里探出头来吸了口气,她还在往下滑。"到底是什么……"有个黏糊糊、不停蠕动的东西一直跟着她。"你究竟是什么?是堵了马桶的那个怪物吗?"温妮说,她顺着管道往下滑,还用魔杖狠狠地捅了一下那个怪物。

温妮在废水里已经累得筋疲力尽。救命！温妮在心里喊。她努力挥了挥魔杖。如果你试过在水底下挥舞什么东西的话，就会知道这不像在空中那么容易。温妮只能稍微晃一下魔杖："阿布拉——咕噜——卡达布拉！"温妮的两条腿突然变成了美人鱼的尾巴！

她把尾巴摆来摆去，在水里像箭一

样飞快地向前游去。

"啊!"温妮喊了一声,她终于冲出管道,掉进了清澈凉爽、味道还有点咸的水里,水面在阳光下泛着波光。温妮的尾巴摇来摆去,把她向着有亮光和空气的水面推了上去……

"哦,我这是在哪儿?"温妮问,她浑身湿漉漉的。

"亲爱的,你现在在沼泽王国!"一个低沉的嗓音说。温妮旁边有一个男人鱼正摇着他那漂亮的尾巴。

"哦!"温妮说,"呃……请问,你能告诉我,我的家在哪个方向吗?"

"没问题!你可以跟我一起回家,亲爱的!"男人鱼说,"你可以做我的妻子!"说完他把一串珍珠项链挂到了温妮的脖子上。

"哦，不了。不过谢谢你！"温妮说。

"我又强壮、又勇敢，你必须嫁给我！"男人鱼抓住温妮的手腕。

温妮用魔杖打了他的头一下，他却把魔杖抢走了。"让我走，你这个讨厌的恶霸！"温妮说，"反正，我敢打赌你没有我的威尔伯勇敢！他马上就会来了。"

"威尔伯?"男人鱼说,"威尔伯是你哥哥吗?"

"不!他是我的猫!"温妮说,"我相信他很快就会来救我的。瞧!我想那就是他!"

要知道,如果世界上有什么是人鱼害怕的,那肯定是猫了。"我走了!"男人鱼说完就游走了。

远处地平线上有一个小点离温妮越来越近,同时也变得越来越大。"威尔伯!"温妮喊道。威尔伯站在一块旧木板上,使劲地用一根木铲划着水。"哦,威尔伯,你跟二十个男人鱼加起来一样勇敢!带我回家吧,威尔伯!"

温妮甩起她不同寻常的美人鱼尾巴,推着木板在水面上飞速前进。

"这个尾巴用来游泳真是太棒了,"温妮说,"不过回家后我得把双腿变回来。"但就在这个时候……"糟糕!"温妮被一个渔夫用渔网给捞了起来,扔到船上。

"喵!"威尔伯抗议地喊了一声。

"嘿!"温妮喊道。

但渔夫正戴着耳机听音乐,因此他什么也没听到。

到了港口，温妮和其他鱼一起被扔到了一辆货车上。威尔伯紧紧地贴在货车后面，被货车一并带到了炸鱼薯条店。不过威尔伯没能阻止温妮被倒在柜台上。

"喵!"威尔伯喊了一声。他看到温妮在一堆鱼里挣扎,而炸鱼薯条店老板正搅拌着炸鱼用的面糊,他又喊了一声:"喵——!"

"那只猫太吵了,丢几个鱼头给他!"炸鱼薯条店老板说。

威尔伯不停地拍打着窗玻璃,然后指指温妮。可炸鱼薯条店老板却大笑着说:"如果你想要的是那条大鱼的话,我是不会给你的!"

店老板把用来做薯条的土豆削了皮,然后点着炉子。眼看用不了多久他就要做炸鱼了,威尔伯赶紧飞快地跑到杰瑞家,跟小邋遢说了自己的计划……

"喵——喵——喵!"

"汪——汪汪!"小邋遢表示同意。

小邋遢又告诉了杰瑞,杰瑞听完就赶紧往炸鱼薯条店跑,小邋遢和威尔伯努力跟上他。

他们一路跑到了炸鱼薯条店,然后杰瑞迈着重重的步子走了进去。"**请给我来一份特大号的鱼和薯条!**"

"特大号的?"店老板说。

"啊哈！今天我们确实打捞到了一条特别大的鱼。我马上就把这条鱼扔到油锅里。"

"不要！"

"喵！"

"汪！"

"呃……我喜欢吃生鱼。"杰瑞说。

"是吗?"炸鱼薯条店老板说,"好吧,这倒省事儿了!"他往一大张包装纸上码了一堆薯条,然后砰地把温妮扔到薯条上面。

"谢谢!"杰瑞说。他的那包"鱼"和薯条不停地动来动去,还说脏话。杰瑞只好坐到草地上,打开他的"晚餐"。这会儿,他的"鱼"正气呼呼地两手叉着腰。

"店老板往我身上放讨厌的盐和醋,你怎么也不拦着呢?"温妮说,"我现在感觉自己跟腌过的拇指囊肿似的又酸又咸。"

不过温妮很快就高兴起来了,她开始狼吞虎咽地吃薯条。威尔伯跑回家给她拿来了一根备用魔杖。温妮拿过魔杖在空中一挥:"阿布拉卡达布拉!"

她的尾巴瞬间变回了腿。

"哦,这样真是好多了!"温妮说,"腿还是很有用的!"

他们伴着日落走回了家。

"如果你愿意的话,我可以帮你解决马桶的问题。"杰瑞说。

"哦,真的吗?"温妮问。

于是杰瑞拿来了他的木槌,然后咣当一声砸了下去——马桶问题就这样被解决了。

"可这样我们就没有马桶了！"温妮说，"哦，魔杖去哪儿了？**阿布拉卡达布拉！**"

厕所里出现了两个马桶：男士马桶和女士马桶。温妮和威尔伯分别拉了一下各自马桶的把手。

唰！唰！马桶没有问题。

"万——岁！"温妮喊道。

各位小巫师，欢迎来到女巫充电站。在经历了八场奇幻大冒险之后，相信你的电量已经消耗得差不多啦。在这里，你需要回答下面的八道小问题，都答对后，才能顺利开启下一段刺激的冒险之旅哟。开动你那聪明的小脑筋，开始答题吧。

1. 帮温妮送信给表哥、舅舅和姨妈的是什么？

A. 三只鹦鹉　　　　B. 威尔伯　　　　C. 三只茶壶

2. 温妮弗莱德姑婆生活在哪里？

A. 魔杖里

B.《魔法百科》里

C. 帕尔玛太太工作的学校里

3. 温妮和威尔伯最后是在哪里度假的？

A. 自己家花园里

B. 巨人杰瑞家里

C. 遥远的太空城市

4. 温妮给她的马取了什么名字？
A. 嘶嘶　　　　B. 扫帚马　　　　C. 小奇迹

5. 巨人杰瑞在和孩子们游戏时哭了出来，为什么？
A. 他太开心了　　　B. 他不想玩了　　　C. 他很伤心

6. "一塌糊涂"到底是什么意思？
A. 很棒　　　B. 很糟糕　　　C. 非常完美

7. 想做音乐家的温妮，表演时使用的乐器是什么？
A. 小提琴　　　B. 老鼠风琴　　　C. 风笛

8. 温妮的马桶问题，最终是由谁解决的？
A. 杰瑞　　　B. 威尔伯　　　C. 男人鱼

答案：1.A 2.B 3.A 4.C 5.A 6.B 7.B 8.A